CINQ NOUVELLES EXTRAORDINAIRES

Gustave Le Rouge

Spectre seul

L'Ombre semblait pleuvoir avec les fluides hachures d'une averse qui fuyait interminablement d'un ciel enfumé, pareil de ton au ciment noirci par de terreuses infiltrations, comme si cette indigente ruelle et toute la maussade ville provinciale elle-même eussent été construites sous les voûtes fangeuses de quelque réservoir souterrain. Déjà la nuit se blottissait aux angles de la triste salle de café où j'étais assis, une maladroite et rougeaude bonne n'en finissait pas de remonter – avec une foule de bruits agaçants – une demi-douzaine de lampes grinçantes, et je baillais mortellement, endolori par le tambourinement monotone des gouttes sur les vitres et le sourd pataugement des passants hâtés parmi les flaques d'eau sale.

Bientôt je m'aperçus que – depuis longtemps déjà – mes yeux distraits s'étaient fixés sur un homme à la physionomie chagrine qui, comme moi, semblait plongé dans le plus nauséeux désœuvrement. Ayant considéré attentivement – pendant que j'étais moi-même l'objet d'un pareil examen – son front dégarni, ses prunelles décolorées, ses paupières rougies et plissées d'une infinité de menues rides, sa lèvre inférieure pendante et son envahissante barbe grise, je fus saisi d'une soudaine pitié et, presqu'au même instant – avec une fulgurante rapidité – j'eus la conscience de posséder – au moins passagèrement – l'inexplicable pouvoir de m'immiscer aux plus intimes sentiments de l'inconnu et de m'identifier avec la substance de ses afflictions.

Au moment où je l'observais, l'homme, dont le cœur paraissait vide et désolé, tournait toutes ses mélancoliques pensées vers les époques plus heureuses de son enfance. Le vivant et joyeux affairement de la ville maritime où il était né bruissait dans le lointain de son souvenir. Les spectres des choses passées se levaient avec les couleurs apâlies de l'oubli. Une opaque futaie de mâts s'érigeait avec des clairières de granit et de mer : de blanches digues s'allongeaient portant très loin les grêles colonnes des phares.

Par-delà les faubourgs de la ville se prolongeaient de vastes chantiers penchant vers les bassins les carènes des futurs navires, incessamment retentissantes de martèlements cadencés. Derrière les poupes s'alignaient à l'infini de hauts et larges cubes de madriers de

Norwège laissant entre eux de stricts couloirs où nageait un parfum de résine.

L'imagination de l'homme se faufilait dans les détours familiers de ce labyrinthe tapissé d'un gazon dru et frisé sur lequel s'ébattait une gazouillante volée d'enfants, aux mains souillées de goudron, aux vêtements attristés d'accrocs et de taches ; il concentrait toute sa puissance mnémotechnique sur ces figures éparses, mais, des noms qui s'offraient à lui, il n'en pouvait articuler aucun d'une façon précise.

Entre toutes, une vision l'arrêtait, c'était une agile et blonde fillette dont les pieds tannés d'un hâle salin frétillaient sous une robe bleue déteinte ; il se rappelait l'avoir un jour couronnée d'un diadème de coquillages et de ces chardons cæruléens dont les racines rampent dans les sables telles que des cordes grasses.

Mais, de même que ses autres compagnons d'enfance disparus depuis lors sans qu'il eût conservé de relations avec un seul d'entre eux, l'enfant qu'il avait aimée était fortuitement partie au loin et jamais plus il n'avait entendu parler d'elle.

Poussant un soupir de regret, l'étranger poursuivit le cours de sa rêverie. Aux chantiers avaient succédé de petits jardins des bas quartiers dont les carrés de choux rouges et de pommes de terre étaient séparés par de vivaces haies de sureau ou de courbes épaves de navires, égayés par des touffes capiteuses de romarin et d'angélique.

Là encore, il reconnaissait beaucoup de figures d'amis. Par malheur, il y avait de longues années qu'il ne s'était enquis de leur situation et ils l'avaient sans doute totalement oublié.

À ce moment, un bref temps d'arrêt se produisit dans les fuyants rappels de cette imagination. Il me sembla que le rêveur éprouvait une complète fatigue, un écœurement absolu, et je ne vis plus rien.

Cet état de prostration ne se prolongea pas ; comme le flot impétueux d'un jeune sang, de recrudescentes souvenances affluèrent vers la cervelle du solitaire ; une autre ville de la Mer – située, celle-là, dans les dernières brumes septentrionales – s'offrit à lui ; c'était en un quartier de matelots, éclatant d'un vacarme de rixe et de jurons et sur lequel pesait un fumeux brouillard d'alcool et de tabac. Des trognes rubicondes, dans le brouillard, se balançaient avec de vagues sourires ; des servantes fardées, aux lèvres connues versaient de brutales eaux-de-vie et de machinales caresses...

L'étranger se récapitula amèrement les noms des camarades de son âge mûr, ils lui étaient devenus aussi inconnus que les amis de sa jeunesse.

Alors les paysages de sa mémoire varièrent encore. Et ce fut une île tropicale endormie dans la splendeur des feuillages et des floraisons qui semaient leurs pétales vers le clair océan. Mais un long paquebot salit l'azur de ses cheminées vomissantes ; forcé par les circonstances, l'homme s'embarqua et, sur le pont, il agitait encore de vagues gestes d'adieu auxquels répondaient du rivage de plaintives mains féminines de plus en plus lointaines.

Longtemps encore et vainement, l'homme compulsa tous les séjours et toutes les fréquentations de ses voyages ; du gouffre de plus en plus ténébreux de son souvenir ne surgissaient que des indifférents ou des morts ; une profonde lassitude d'âme l'envahit, il constata avec désespoir qu'il était possédé par la *solitude*.

À contempler la pluie de plus en plus copieuse et torrentielle dans la rue de plus en plus déserte, la salle où la nuit s'installait et dont pendaient les tentures moisies, il se sentit un égal dégoût de partir ou de rester et s'affaissa sur les journaux cent fois lus, sur les journaux crasseux et ressassés comme le reste.

En cet instant les lampes furent enfin apportées. Alors, je poussai un faible gémissement et il me parut qu'on m'entrait dans le cœur la pointe vive d'un glaçon, car je venais de constater que c'était – dans le tain boueux de la glace – le propre reflet de ma face vieillie que je contemplais et que c'était mon propre délaissement que je venais de distraitement scruter avec tant d'inutile et soigneuse cruauté.

1892.

Par toute la ville, depuis les sept longues semaines que flambait la révolte des *Pauvres*, les manifestations de la vie s'étaient faites souterraines et funèbres. Le bruit sommeillait, voilé d'une solennelle sourdeur de cataracte lointaine.

Le triomphe des riches n'avait point empêché la destruction d'une grande partie de la ville. Chaque nuit, d'implacables incendies rougeoyaient ne laissant qu'un chaos de ruines. Les squelettes carbonisés des arbres, les colonnes tordues des lampadaires s'enfonçaient en des perspectives de suie, en de grimaçants horizons de cendre et de plâtras, coupés de décombrales barricades, selon le pluvieux silence de l'hiver, en un pantelant qui-vive d'explosions et de meurtres.

Seul, le cœur de la ville occupé par les vainqueurs palpitait encore d'une furieuse vitalité, d'une vindicative fièvre de supplices. Cernés dans trois grandes places par l'armée, les pauvres étaient exterminés méthodiquement sans interruption, jusqu'à la tombée du soleil : la guillotine fonctionnait, les fusillades crépitaient.

En personne, Gorgius, le grand Répresseur présidait à la destruction, étonnant d'énergie malgré son âge. Grâce à lui, maintenant, la sérénité renaissait dans les cœurs ; encore un peu de sang et les pauvres allaient être définitivement humiliés, domestiqués pour des siècles. Une multitude, d'ailleurs, à cause des interruptions dans l'approvisionnement, succombait au froid, à la famine et au suicide.

Chaque soir sous une ample escorte, Gorgius regagnait son hôtel sauvegardé par toute une inexpugnable troupe de gens de police. Athlétiquement constitué il consacrait à d'originales débauches la meilleure part de ses nuits ; on parlait même de puériles profanations, de violences posthumes, mais on passait outre sur ces faiblesses excusables, après tout, en une période de licence de la part d'un génie aussi nerveusement organisé. L'impunité de toutes les actions lui appartenait.

Pour ces causes, peut-être, il était généralement grave comme si quelque ombre planait sur lui ; ce soir-là surtout, il paraissait mortellement sombre.

L'ennui trônait en son âme démantelée que nulle dépravation ne tirait plus de sa torpeur, dont nulle salacité n'aiguisait plus le désir ; pour lui, les jours, les heures, les minutes gouttaient en une averse de désenchantement, sans nul neuf frisson, sans nulle inédite palpitation. Son moi gangrené ne roulait plus d'aspirations vers les choses, pareil au fleuve dont les eaux fétides étaient ralenties d'obstruantes carcasses et qui s'étendait, liquoreux et verdâtre comme une veine de pus, phosphorescent le soir de lumineux miasmes.

Au loin, des chiens hurlaient longuement ; redoutables depuis les troubles, ils erraient en bandes, privés de maîtres et se disputaient en d'acharnés combats leur horrible sportule.

Le pavé était englué d'une boue grasse pareille à la crasse humaine qui s'attache au dôme des fours crématoires, d'une sanie figée et décomposée dont les résidus fluaient en ruisseaux de purulence, en mares ignominieuses ou se liquéfiaient les cadavres des massacrés. L'air même était lourd, changé en une fange fluide dont la fadeur écœurait. Le dictateur et sa troupe hâtés parmi la ténèbre visqueuse semblaient quelque pullulement de bêtes immondes grouillant dans la féteur d'un ulcère.

De temps à autre s'entendaient de petits cris d'enfants à l'agonie sous la pluie ou de femmes que la rage et le froid faisaient aboyer à la mort comme des chiennes ; alors le dictateur avait un geste d'impatience et les soldats, silencieusement, coupaient la gorge aux braillards ; le recueillement redevenait possible et la troupe continuait de s'avancer.

Plus allègre d'esprit à mesure qu'il approchait de son hôtel, Gorgius compulsait ses chances de triomphes futurs, calculait les risques de ses ambitions se figurant presque, en l'importance d'exception que la Révolution lui avait donnée, établir le bilan de l'humanité.

Puis il se plut à évoquer les douloureuses physionomies des exécutés du jour et de morbides songeries l'obsédèrent en pensant à la guillotine. Elle se dressait en son imagination comme une idole embrumée de mystère, animée d'une vie particulière faite des terreurs et des vengeances des hommes, comme une attirante et traîtresse femelle dont les jambes rigides, dont le sexe fallacieux et vide incitaient l'humanité aux coïts monstrueux du cou et de la lunette.

Il se représentait la mécanique de meurtres telle qu'un sphinx difforme doué d'une conscience réfléchie et sournoise, d'une volonté de cruauté réelle ; des silhouettes de magistrats flottaient devant ses yeux avec les grimaces fripées, les crânes glabres et le maintien grave d'un troupeau de proxénètes gâteux, les entremetteurs de la Veuve :

« Certes, réfléchit-il, la comparaison se tient presque, le panier de son évoque la cuvette, comme le bourreau et ses aides, les larbins...

« Quel dommage qu'elle ne soit pas une véritable femme, qu'elle ne puisse s'incarner sous de violables formes ! »

« Son regard d'acier étincelle de caresses féroces ; l'étreinte de ses inflexibles membres d'écarlate doit être d'un accablement délicieusement terrible.

« Ô toi, effroyable Incarnation que je ne puis qu'imaginer, comme je t'aimerais !

« Tu as été la divinité ignoble de ce siècle qui se désintéressa des croyances immatérielles, qui renia les pures légendes, pour n'obéir plus qu'aux terreurs basses que tu imposes à la multitude.

« L'Avenir te consacrera des temples où les justiciards commenteront pieusement les Codes, où les suppliques de la Peur monteront vers toi avec le parfum du sang frais, sous l'œil respectueux des argousins, en la terreur prosternée de la racaille.

« Secours-moi, bonne meurtrière du crépuscule matinal. Étoile des assassins, Miroir de la Mort, Refuge du désespoir, Secours des bourgeois, Auxiliatrice des puissants et des hypocrites, Demeure à jamais la chirurgienne des infirmités sociales, l'Épouvantail des déshérités et des timides, la grande Empêcheuse de Justice.

« Mais je rêve ! conclut-il en souriant, allons plutôt voir là-bas ce qui se passe. »

Et il marcha vers le groupe des soldats qui discutaient.

Ils entouraient une maigre et haute jeune femme dont la face blafarde aux yeux obscurs et vagues s'ennuageait d'un voile sombre. Sa démarche était sûre et hautaine, sa physionomie pleine de froideur. Elle se taisait, ne répondant à nulle objurgation, ne paraissant éprouver aucun effroi, n'ayant même nullement l'air intimidée.

Gorgius l'étreignit d'un coup d'œil et d'imprécis désirs l'effleurèrent à comparer la minceur adolescente du buste et la largeur bien féminine des hanches. Il devina des cuisses rondes et nerveuses, des bras grêles et durs.

Distraitement il fit signe qu'on menât la jeune fille chez lui et de nouveau ses préoccupations l'absorbèrent.

D'alarmantes nouvelles, en effet, l'attendaient à son hôtel. Une partie des soldats – malgré les larges distributions d'alcool et d'argent avaient cédé aux supplications des révoltés. Grâce à la connivence de quelques détachements, un petit nombre de Pauvres avaient pu franchir les lignes, ce qui présageait pour la nuit un redoublement d'incendies et d'esclandres.

Le grand Répresseur parcourut froidement ces dépêches effarées, il les relut, réfléchit et la situation lui apparut moins compromise. Évidemment, tous ces officiers, tous ces gens de police exagéraient, voyaient double, dominés par une atroce frayeur, paralysés par une incroyable lâcheté. Il ne s'affecta donc pas outre mesure ; il avait paré, depuis les troubles à d'autrement terribles catastrophes.

Fiévreusement, il notifia quelques ordres décisifs. Maintenant il était totalement rassuré. Tous travaux terminés, il gagna sa chambre et, la tête un peu lourde, s'endormit.

Il reposa mal et fut visité d'atroces cauchemars. Il rêvait que, les exécutions continuant, un lac de sang aux ondes cramoisies et moirées par la lune avait submergé la ville, il cherchait à fuir à la nage et se cramponnait désespérément aux cheveux des cadavres qui passaient emportés par la dérive ; mais, toujours, il demeurait avec une tête sans corps à la main. Des rires d'invisibles le narguaient. Il se sentait enfoncer à chaque seconde, il barbotait dans un éclaboussement de rutilante pourpre. Le sang l'asphyxiait, ses désespérés efforts demeuraient vains. Puis il se voyait poursuivant les rebelles qui fuyaient en une galopade vertigineuse à travers les steppes immenses ; dans la rapidité de sa course, il se rappelait avoir oublié quelque objet dont il ne pouvait se préciser la nature. Il sentait que cette omission allait avoir les plus redoutables conséquences, mais il ne pouvait retourner en arrière. Il finissait par découvrir qu'il avait laissé sa tête ; il ne l'avait plus, il tâtait vainement de ses deux mains son cou mutilé ; sa tête, fendue d'un rictus occupait maintenant la place de la lune et roulait à l'aventure, en un ciel pustuleux et vert, ocellé de points sanguinolents. Alors son corps décapité tendait les bras vers la lune et cherchait à la saisir, mais la tête fuyarde se dérobait et finalement changeait de forme, s'amincissait et c'était un couperet d'acier triangulaire qu'il empoignait ; mais, déjà, ses bras il ne pouvait plus les abaisser. Ils étaient comme lignifiés, raidis en deux poteaux rouges entre lesquels le couteau d'acier glissait doucement, avec la férocité d'une lenteur calculée.

Gorgius s'éveilla le cœur bondissant, glacé d'une moiteur d'agonie. Son angoisse s'accrut d'un inquiétant bruissement, d'une clameur inexplicable et lointaine. Une lueur filtrait par les interstices des rideaux, il pensa que le jour allait venir.

Infructueusement, il avait sonné, appelé. Le piétinement précipité dont le bruit l'avait ému ne s'entendait plus. En revanche, la clarté avait grandi, était devenue insoutenable. À cette rougeâtre splendeur, on ne pouvait se méprendre, l'aurore d'un incendie définitif montait sur la ville.

Un paysage de flammes ondoyait à perte de vue, les dômes et les clochers enlevés avec une netteté d'eau forte sur le fond aveuglant du brasier disparaissaient l'instant d'après, comme des ombres, engloutis avec un grondant fracas par l'incendie qui traînait derrière soi d'immenses franges de fumées mordorées, de roussâtres volutes de vapeurs pailletées, tels que des croupes fabuleuses de millions d'atomes.

Apoplexié de terreur sur son lit, Gorgius s'expliqua enfin ce houlement de foule qui l'avait inquiété. Il avait entendu la fuite des *Pauvres*, ils étaient partis et ils avaient laissé l'incendie comme cadeau d'adieu à leurs ennemis. Vers le repos des verdures virginales, vers l'innocence des eaux courantes et des lacs fleuris, vers les amoureuses, vers les ténébreuses et libres clairières des bois, ils avaient fui, pour de fraternelles unions sociales, pour des civilisations plus clémentes. Des félicités nouvelles allaient luire sur les vestiges du royaume aboli des Riches !

À cet instant, comme le hurlement du Cataclysme lui-même, comme le rugissement triomphal des générations, une explosion tonitrua, majestueusement répercutée par les cavernes du ciel, plus profonde que la clameur de bronze des Artilleries, que l'écroulement des Himalaya.

Et un pesant dôme de brouillard et de silence s'incurva au-dessus des ruines.

Quand le Dictateur merveilleusement préservé par la situation isolée de son hôtel s'éveilla, en sa chambre ébranlée par la commotion, de l'évanouissement auquel l'avaient contraint ces surhumaines émotions, il fut surpris d'apercevoir assise en une pose de méditation sur un fauteuil la jeune fille arrêtée la veille au soir et qu'il avait oubliée : son calme profil s'estompait dans le vague crépusculaire de la nuit finissante, au mouvant rougeoiement des derniers brasiers.

Pendant qu'il tentait de joindre ses idées, elle s'avança toujours silencieuse, mais ses yeux d'un bleu de glace souriaient, avec un geste lent et grave elle défit ses vêtements et s'insinua en la somptueuse couche, près du dictateur dont le cerveau harassé était broyé comme en un engrenage par une détraquante fièvre.

Il n'avait plus la puissance de réfléchir. C'était à sa bouche embrasée et sèche un délicieux oubli que cette bouche aux désaltérantes fraîcheurs de métal ou de neige ; ses muscles avachis et lassés, son épiderme flasque et fripé, avaient de bienfaisants raidissements aux rondes caresses de ces juvéniles formes. Il se régénérait à ce bain de virilité et il enlaçait l'inconnue avec l'insouciance du désespoir et toute sa robustesse retrouvée.

L'aube indécise venait et l'heure des matinales guillotinades quand, de nouveau fatigué, il essaya de se soustraire aux dévoratrices caresses de l'inconnue. Mais il ne pouvait point. Des jambes croisées sur ses jambes l'enserraient étroitement. Les bras noués autour de son cou ne se désenlaçaient point. C'était l'inexplicable toucher, cette fois bien réel, du métal et de la neige, les cheveux moelleux où il s'était vautré s'entortillaient maintenant autour de son corps avec la coupante brutalité des cordes. Il ne sentait plus bouger nul spasme sous lui, et son ventre, en ses désespérés tortillements, ne frôlait plus qu'une planche gluante de sang.

Il poussa un gémissement d'horreur.

L'humide puanteur du sang monta à ses narines.

Mais un adieu, où se mêlaient de fuyantes clameurs, chuchotait à son oreille, pesant et sourd et pareil au bruissement graissé du couperet.

Il reconnut qu'il était tombé dans les bras vengeurs de « Notre-Dame la Guillotine ».

1893.

Le spectre rouge

Au dessert, chez le grand banquier X, on parlait socialisme et réformes politiques ; le repas commencé selon les rites d'une cérémonieuse froideur s'achevait, presque coudes sur table, au milieu du heurt étincelant des opinions ; chacun proposait pour l'attendrissement des dames, mille moyens d'amélioration au sort des déshérités ; les sentiments finissaient par venir à ces hommes de finance aussi généreux que les vins qu'ils avaient bus. L'insolence du bonheur sûr de lui semblait – en ce tiède crépuscule estival rafraîchi par la buée des sources invisibles dans la profondeur du bois, autour de cette table chargée de languissants bouquets – rayonner cruellement, en une atmosphère quasi tangible combinée du parfum des fruits, du bouquet des vins précieux et de la saveur irritante des chevelures et des chairs moites.

Dominant une ancienne et majestueuse forêt de chênes, le château découpait sur le soir les lignes sveltes de ses tourelles renaissance, la légèreté de ses balcons, féerique temple à la beauté de vivre. On descendait vers les bois par une série de terrasses étagées d'où l'on pouvait confortablement se rassasier du cercle viride de l'horizon houlant comme la mer sous le vent du couchant. Seule tare, vers l'Orient, une tache rouge et noire salissait ce paysage de paix, sept cheminées d'usine, jaillies d'un pêle-mêle de bâtisses sans gloire, s'auréolaient d'une lueur de forge et inquiétaient du halètement de leurs machines le silence auguste des futaies.

De tous les hôtes du banquier, le poète Pierre Chantenef avait peut-être été le seul à remarquer l'antithèse ; invité de hasard chez le fameux marchand d'or, il s'abstenait de la discussion qui suivit – de plus en plus animée et « intéressante » – le cours prévu de ces sortes de joutes, enrichie de paradoxes à la manière de Barrès et de citations du dernier *Figaro* en somme, ce flux de réminiscences banales qui remplace chez les gens de bourse ou de politique les appréciations personnelles et l'émotion intelligente.

Les vins et les mots avaient continué de se succéder et le poète persistait dans le silence ; il s'indignait en son cœur de l'inconscience des Riches dont le bas satanisme se plaît à assaisonner ses joies de paroles hypocritement charitables.

« Les manieurs d'argent, conclut-il, jouent dans l'actuel combat social le rôle de ces vils valets des armées de jadis qui s'attaquaient aux faibles, achevaient les blessés et coupaient pour leur anneaux les doigts raidis des morts. » Et il réfléchissait à l'amertume des nécessités qui le forçaient à rehausser de sa mise modeste jusqu'à la fierté et de sa physionomie loyale et timide cette ripaille d'agioteurs où les cristalleries polycolores et les vermeils ne reflétaient que d'odieux mufles humides et rougis du sang des pauvres.

Pierre Chantenef, dont la claire vision pénétrait sous les apparences la hideur de ces âmes, souffrait énormément. La conversation prétentieusement banale l'engourdissait telle qu'une drogue stupéfiante. Auditeur forcé, la seule impression qu'il éprouvât en cet échange d'idées rebattues, était une intolérable fatigue pénible comme un cauchemar. Les noms des convives, lui arrivant comme à travers un songe, lui évoquaient des images de pince ou de harpon, lestés d'un faix de pesantes consonnes judaïques ou germaines.

Le repas avait pris fin et Chantenef avait réussi à demeurer presque inaperçu à l'abri d'un proéminent boursier peu loquace après boire, et que la truffe et le cigare avaient la propriété d'engourdir à la manière des boas. On avait passé sur la terrasse décorée de massifs de rhododendrons et d'hortensias d'où jaillissaient les socles des statues. Aux pieds des convives, les feuillages bruissants du parc commençaient à s'enténébrer.

Le mystère de la nuit qui s'impose à presque tous les hommes et qui commande le recueillement des paysans et des pêcheurs n'avait pu endiguer le bavardage des invités. La discussion se faisait de plus en plus lassante, continuant à rouler dans son flot ce ramas d'idées quelconques que *La Presse* verse chaque jour aux intelligences du commun. On eût dit d'une trahison préméditée contre la câline pureté de cette soirée. Rentré en lui-même, Chantenef suivait des pensées autres et son esprit en ce moment voyageait au pays de rêve, bien loin de ces dîneurs de hasard. Il se complaisait en des projets d'œuvres chèrement caressées et un peu de honte le prenait de se trouver là.

Mais il était écrit qu'il ne finirait pas paisiblement cette soirée et bientôt, il dut sortir brusquement de sa songerie. Une jeune étourdie, qui l'avait entendu présenter comme poète et qui l'épiait pour quelque récitation, dénonça son silence. Aussitôt ce fut un général acharnement :

– Comment ! Chère Madame, nous avons un poète et vous ne dites rien ! C'est véritablement impardonnable vous savez combien j'adore la poésie et les poètes !

– Vous nous direz une légende, plutôt, il commence à faire très noir sous les grands chênes.

– Qu'il nous dise ce qu'il voudra...

Le côté des hommes était moins enthousiaste.

Un groupe de vieillards lourds de digestion et de calculs ne se dérangeait même pas. Sans doute décidé par l'espoir de les ennuyer tous, Chantenef commença après s'être excusé de ne pas dire de vers, le récit d'une anecdote légendaire dont les faits s'étaient, dit-il, passés autrefois dans le pays même :

« Encore maintenant le sérieux du paysage normand – monotonie de la mer et des verdures, douceur des pluies perpétuelles – conseille le respect des choses inconnues. Les paysans ont gardé la terreur des corbeaux qui du haut des calvaires fascinent les passants attardés et troublent leur esprit. Au bord des rivières assombries par les feuillages funèbres des noyers les revenants viennent laver leurs linceuls qu'ils exposent à l'influence de la lune. Les sentiers déserts sont souvent barrés de cercueils noirs, et nul – sous peine de mourir dans l'année – ne doit passer sans les avoir religieusement tournés bout pour bout. Ailleurs, c'est la Miltoraine, une haute dame blanche qui grandit à mesure qu'on s'éloigne et dont la présence s'accompagne d'un bruissement surnaturel, d'un vent impétueux dans les grands arbres.

« Il y a peu d'années, la route actuelle n'existant pas, on suivait pour se rendre aux fermes une série de sentiers qui longeaient de grandes pièces d'orges, de sarrasin et de colza. Ces sentiers aboutissaient à l'Église, dont le cimetière ombragé de frênes et regorgeant d'une noire verdure est des plus mélancoliques que je connaisse. C'est ce chemin que suivaient chaque soir les filles pour revenir des champs, leurs cruches de cuivre rouge, pleines de lait, posées d'équilibre sur l'épaule.

« Vers l'automne, le bruit se répandit qu'une apparition hantait chaque soir la brèche de pierre qui sépare le cimetière du sentier. C'était un mort enveloppé de son suaire, la figure invisible, ne bougeant pas. »

– La vulgarisation des idées scientifiques, hasarda quelqu'un, dissipe peu à peu ces superstitions ridicules.

Chantenef sans relever l'interruption continua de sa voix égale et un peu traînante. Il dit les terreurs des paysans, les touchantes croyances relatives aux âmes du Purgatoire, la foi indéfectible des Simples aux choses immatérielles. Son éloquence toute vibrante d'indignations contenues fit un moment frissonner tous ces jouisseurs à l'âme sordide, pour toujours captive au cercle infernal de la chair et de l'or. Sa parole fraîche et profonde avait le mystère et l'on eut dit comme les pénétrantes rosées de la ténèbre montante, dont son récit évoquait les majestueuses angoisses.

L'assemblée entière fut traversée d'un sympathique frisson quand Chantenef décrivit les angoisses du valet de charrue qui chaque soir s'enveloppait d'un drap pour jouer au spectre et qui trouva un jour à ses côtés un immatériel et, celui-là, bien réel revenant. On releva le lendemain dans son suaire, raidi par le froid du matin, le cadavre convulsé du misérable farceur.

N'est-ce pas Villiers de l'Isle-Adam qui dit : « Si tu joues au fantôme, tu le deviendras. »

Au milieu du silence produit par cette conclusion, la voix d'un auditeur inattentif – sociologue absorbé sans doute en des plans de félicité future pour les pauvres – se fit entendre.

– Pardon, mais… la question du paupérisme… je saisis sans doute mal le rapport ?

– Il est bien simple pourtant, articula le poète, d'une voix sereine, en se tournant vers les rouges usines maintenant flamboyantes dans la nuit tout à fait tombée. Je crois que les heureux de cette société ne devraient pas tant s'amuser du Spectre rouge.

Et tous, s'étant tournés vers l'horizon vermeil comme le sang et comme l'aurore d'une chose inconnue, comprirent avec un tremblement la parole du maître :

« Si tu joues au fantôme… »

1895.

Le navire de Jules César

Kill et Murde s'étaient bercés toute leur vie du rêve de pêcher un trésor. La colonne de granit du phare de Righte qu'ils gardaient en pleine mer surgit d'un réseau d'écueils et de stroms dont les gouffres, dit-on encore maintenant, recèlent quelques-uns des navires de la légendaire Armada. Maintes fois d'ailleurs des indices indubitables étaient venus fortifier leurs croyances.

Un jour, Murde ramena entre les mailles de fer de sa drague un grand gobelet d'argent, et Kill prétendait distinguer, par les temps où l'eau était claire, la carcasse et les agrès d'un vaisseau de mille tonneaux d'un gabarit inconnu. Souvent aussi les tempêtes rejetaient à la base du phare des pièces de bois, des bouteilles endentellées de concrétions et de coquilles et jusqu'à des barriques et des coffres, mais ils ne trouvaient point de trésor.

Cependant, plus ils vieillissaient, plus ils s'entêtaient dans leur espoir. Chaque soir après avoir lu la Bible, ils allumaient leurs pipes et vidaient un bowl de grog au genièvre en faisant des projets. Murde voulait acheter aux entours de la ville un cottage de briques coloriées. Il y aurait un parloir de chêne comme celui de l'officier des douanes, et sa nièce Effie, celle qui tenait un cabaret sur le port, devenue grande dame, verserait le thé d'une bouilloire d'argent. Kill, plus ambitieux, voulait habiter Londres et voyager sur le continent ; il s'habillerait comme un gentleman, porterait une bague d'or et se ferait construire un yacht. Ils demeuraient d'accord sur un point, c'était de se partager fidèlement le trésor et de vivre toujours en bonne amitié quand ils seraient devenus riches.

Quelquefois Kill faisait la lecture à son compagnon dans de vieux livres que leur prêtait le capitaine du cuitter qui, chaque semaine, ravitaillait le phare ; c'étaient les histoires meilleures des boucaniers anglais et français avec d'autres récits tout aussi surprenants. Ainsi ils connurent les exploits de Montbars, l'exterminateur, et de sir Hughes, de Pol l'Olonnois et de Walter Raleigh. Ils apprirent l'existence du poisson d'or qu'on ne pêche qu'une fois l'année, dans la nuit du saint Vendredi avec un hameçon garni de chair de chrétien, de l'Évêque de mer qui fut capturé sur la côte de Norwège au temps de l'archevêque Olaüs et, présenté au pape, lui parla latin. Mais ni le Krabor, ni les Sirènes, ni le dragon de mer Zedraack ne les intéressèrent autant que l'histoire du navire de Jules César.

C'était, au dire du livre, une frégate tout en or sur laquelle l'empereur César était parti de Gaule avec ses chevaliers pour conquérir l'île des Bretons. Quatre-vingts boucliers d'argent fin étaient suspendus au-dessus du banc des rameurs et les fanaux de combat avaient des vitres de pierres précieuses. Ce merveilleux navire avait péri corps et biens sur les récifs de la côte anglaise, l'empereur seul avait réussi à joindre le reste de sa flotte sur la barque d'un pêcheur. Depuis, nombre d'aventureux plongeurs avaient essayé de retrouver les épaves d'or de la frégate ; nul n'y avait réussi et le chroniqueur ajoutait qu'ils avaient tous trouvé la mort d'une façon singulière.

Une menace aussi vague ne déconcertait point les deux amis. Comme ils avaient gardé de leurs navigations la connaissance des récifs et des amers, ils remarquèrent que beaucoup de courants se rencontraient près de l'îlot où s'élevait leur phare et que les raz de marée avaient dû peu à peu entraîner vers les gouffres voisins les épaves de toute la mer. De là ils en vinrent à supposer, puis à croire fermement, que le navire d'or devait se trouver tout près d'eux. Il ne s'agissait plus que de trouver la place exacte où il s'était abîmé.

Ils employaient à cette recherche tout le temps que leur laissait le soin de leur lampe. Inlassablement, ils scrutaient l'eau verte et, s'aventurant jusqu'auprès des tourbillons, raclaient les bas fonds de leur drague. Quand revenaient les marées d'équinoxe, alors qu'un vaste espace de rochers reste à sec, ils se livraient avec plus d'enthousiasme à leurs sondages. Vers ce temps, Murde, en nettoyant un congre qui s'était pris à leurs lignes de fonds, trouva dans ses entrailles un anneau éblouissant d'une pierre qu'il ne connaissait pas. Il le mit à son petit doigt tirant de cette rencontre un nouveau présage de succès.

Un matin qu'ils se trouvaient loin de leur phare, un brouillard jaune tomba subitement, et sur la mer de la couleur livide du vieux plomb, ils ne surent plus s'orienter. Puis le ciel s'assombrit encore, sembla rouler des fleuves de cendre et des traînées d'encre fangeuse. Le brouillard plus doux se résolvait en pluie. La brise fraîchit, des lames monstrueuses et blanches d'écume s'enflèrent. Malgré qu'ils eussent replié toutes leurs voiles, ils filaient avec une rapidité vertigineuse entraînée dans le rugissement de la tempête.

Ils n'avaient point emporté de boussole ni de vivres. Affamés et transis, au fond de leur canot, ils se reprochaient mutuellement leur folie. Pour la chimère d'un hypothétique trésor, ils étaient perdus ; même si, par fortune, quelque navire les recueillait ils seraient déshonorés et condamnés à la potence pour avoir abandonné le feu confié à leur soin.

Comme le soir tombait, une pluie abondante abattit la violence du vent. Des vagues peu à peu calmées émergeait un archipel de rochers noirs grotesquement contournés, laissant en son centre une petite baie tranquille où aboutissaient des antres basaltiques. Ils dirigèrent leur barque de ce côté dans l'espoir de glaner sous les algues quelques coquillages nutritifs.

Ils amarraient le grappin de leur barque, lorsqu'une apparition les cloua sur place de stupeur ; un être étrange et semblable de tout point aux monstres de leur livre, s'avançait vers eux en nageant. Il aurait parfaitement ressemblé à un homme trapu et court, sans ses moustaches de poils rudes disposées en éventail comme celles des phoques et sans ses yeux de poisson protubérants et ronds. Ils remarquèrent lorsqu'il approcha, que les doigts de ses mains étaient palmés et tout son corps couvert d'écailles argentées ; ses dents et ses ongles étaient de la plus étincelante nacre verte :

« Je n'ai pas l'intention de vous nuire, dit-il, d'une voix gutturale et sourde. Rendez-moi seulement l'anneau que vous avez au doigt et qui m'appartient, et il ne vous arrivera point de mal. »

Tout tremblant Murde donna l'anneau.

Alors la nuit se fit moins sombre, un courant furieux les saisit. Consternés et transis, ils se retrouvèrent presque sans savoir comment, à la base de leur tour. La lampe de leur phare, allumée par des mains invisibles brillait, comme chaque soir, sur la mer immensément bleue, où se reflétait la pleine lune.

Cette aventure ne laissa point calmes les deux amis. Leur mélancolie devint profonde ; d'avoir entrevu un coin de mystère de la mer, ils devinrent, ainsi que Faust, ambitieux des choses surnaturelles.

En côtoyant, pour leurs pêches, le flanc des roches, ils ne gardaient plus aucun espoir de découvrir la frégate en or. La crainte aussi des êtres extraordinaires qui hantent les profondeurs les avait rendus prudents, ils ne s'éloignaient plus maintenant qu'à de faibles distances.

Un soir, par un ciel pareillement pluvieux, par une même mer jaune et pâle, Murde, que l'insuccès de leur pêche avait rendu furieux, s'écria avec un grand serment :

« Nous menons à présent une existence tout à fait ignoble et indigne d'hommes libres. Pour moi, j'aimerais mieux vivre à la façon des poissons comme l'homme-de-mer à qui j'ai rendu la bague, que de végéter jusqu'à la mort, ainsi que nous faisons, sans connaître les trésors de la mer. »

Son camarade l'approuva de bon cœur et ajouta qu'il sacrifierait tout, seulement pour voir la frégate de l'empereur César.

Mais il s'arrêta au milieu de ses jurons en apercevant à fleur d'eau, au milieu d'une masse de plantes marines, le crâne aplati et les yeux protubérants et glauques de l'homme-de-mer. Le monstre nagea vers leur barque et, d'un sourire singulier que complétaient des gestes gauches de ses bras courts, il leur fit comprendre que leurs vœux allaient être réalisés.

Comme la première fois, leur barque fut emportée parmi les écumes d'un courant, et dans la nuit devenue complète, où s'allumait inexplicablement à leurs yeux l'étoile du phare déserté, ils s'abandonnèrent à l'aventure. Mais ils se tenaient très près l'un de l'autre pour se porter secours en cas de péril.

Bientôt une grotte inconnue suspendit sur eux ses pendentifs de stalactite. Le monstre qui nageait à l'avant du bateau s'arrêta ; son corps et ses yeux de même que tous les objets d'alentours phosphoraient une tiède lueur bleue qui emplissait toute la grotte. Au fond, au milieu d'immenses bouquets de coraux et de guirlandes frissonnantes de lianes de mer, la merveilleuse frégate rutilait de pierres précieuses dans une brume dorée. Ils s'approchèrent tout palpitants. Hélas ! de près, le miraculeux navire ne fut plus qu'une épave, rongée par l'âge et les bêtes et dont le bois pourri s'effritait entre leurs doigts avides. Les insectes phosphorescents qui s'attachent aux vieilles pièces de bois avaient causé leur illusion. Quelques crânes verdis, mêlés de pièces de monnaie oxydées et de cuirasses rompues, voilà tout ce qu'ils virent.

Mais ils poussèrent un grand cri en se considérant mutuellement ; par les chevelures, la nacre des ongles et le crâne aplati, ils étaient devenus pareils de tous points à celui qui les avait menés en cet endroit. Sous leurs vêtements qui tombaient déjà d'eux-mêmes, leur corps luisait d'écailles argentées. Leur souhait réalisé à la lettre les faisait désormais habitants de la mer. Tout autour d'eux des rictus narquois de monstres les narguaient ironiquement ; ils cherchèrent un abri dans les feuillages pour y cacher leur désespoir.

Maintenant ils se sont habitués à cette vie.

Tristes, souvent ils se plaisent à écouter derrière le sillage des barques, la voix des pêcheurs chantant *Rule Britannia* ou *Sweet home* et ils les récompensent de leur chanson en poussant vers les tenailles le peuple effaré des poissons.

Quelquefois ils nagent avec lenteur autour du phare et ils guettent, tapis dans les végétations grasses de l'écueil, s'allumer le feu jadis confié à leurs soins. Dans les tempêtes, alors que s'effarent les pilotes et que triomphe dans le rugissement du vent la clameur de la mort souveraine, il leur arrive de préserver d'une façon inespérée les vaisseaux en péril. De leurs doigts écailleux qui sont devenus pareils aux ailerons des morses, ils s'accrochent aux ferrures du gouvernail, les maintiennent et orientent de toute leur puissance le navire vers les molles plages de sable ou vers l'entrée rouge et verte des ports.

Parfois aussi, ils profitent du brouillard des nuits d'hiver, et nageant silencieusement jusque tout près du rivage ils contemplent, avec de grands soupirs et des regards mouillés de larmes, la rouge lueur qui brille aux fenêtres du petit cabaret sur le port où Effie, la douce jeune fille à la peau de lait, aux tresses rousses, vend aux marins le porter et le gin, avec le blond tabac et les longues pipes de terre blanche dont le fourneau est sculpté d'une esclave offrant à la reine en signe de reconnaissance ses entraves rompues. La petite lueur rouge de la taverne, les deux amis la regardent longuement, mais ils ne savent plus pleurer, puis ils regagnent en silence les profondeurs marines où sommeille l'amas des inutiles richesses.

1896.

Dans le ventre d'Huitzilopochtli

Sur la terrasse de la villa que possède à Belle-Isle-en-Mer, l'ethnographe Bourdelier – le premier qui ait déchiffré les hiéroglyphes des temples toltèques et chichimèques –, quelques invités savouraient des boissons glacées, à l'ombre des tamarins aux grappes de corail rose, en face de la mer immense et bleue.

L'explorateur américain, Miles Kennedy, l'homme qui a parcouru seul, pendant cinq ans, la région désertique des Andes, fumait béatement, étendu dans un rocking-chair. À deux pas de lui, une jeune Anglaise demeurait silencieuse, pelotonnée sur les coussins de la guérite d'osier.

Les regards de la jeune fille ne pouvaient se détacher des mains de l'explorateur, des mains d'une cadavéreuse lividité, d'une blancheur de chlore, qui contrastaient bizarrement avec le visage bruni et tanné comme la peau d'une momie.

– Miss Rosy, dit brusquement l'Américain, parions que vous êtes en train de vous demander, de quelle fantastique maladie de peau je suis atteint ? Je tiens à vous rassurer, continua-t-il avec bonhomie. L'inquiétante décoloration de mon épiderme ne résulte pas d'une maladie, elle date du jour *où j'ai été dévoré* par le farouche Huitzilopochtli, le dieu de la guerre des anciens Incas.

– Contez-moi cela, murmura Miss Rosy les yeux brillants de curiosité.

– C'est une aventure assez spéciale, commença-t-il, sans se faire prier. Il y a de cela deux ans, nous étions perdus dans la grande Cordillière des Andes, moi, mon guide Necoxtla et les trois Indiens qui nous escortaient.

« Vous ne pouvez pas vous figurer, chère miss, ce que sont ces diaboliques paysages. Pas un arbre, pas un végétal, sauf, de loin en loin, ces grands cierges épineux qui semblent des plantes de bronze vert. Un ciel de plomb ardent, et pour horizon, des cycles de précipices, de coulées de lave et de pics neigeux, qui semblent se répéter à mesure qu'on les a franchis, comme les cercles d'un enfer d'où on ne pourrait jamais sortir.

« Nous suivions un couloir de rochers si étroit que nous étions obligés de marcher un par un. Les surfaces polies des parois basaltiques semblaient concentrer sur nous, comme des miroirs ardents, les rayons aveuglants du soleil. Les trois Indiens et les quatre mules qui portaient mon bagage étaient exténués, à bout de forces ; pour mon compte, je sentais que la soif, la chaleur et la fatigue allaient me rendre fou. J'aurais donné tout ce que je possédais pour une gorgée d'eau fraîche.

« Brusquement tout changea. Le défilé sinistre aboutissait à une vallée verdoyante, ombragée de palmiers, d'acajous et de bananiers, arrosée par des ruisseaux murmurants. Les ruines d'un temple aux colossales idoles de granit rouge, servaient de fond à ce paysage digne de l'Eldorado.

« Je demeurai quelque temps immobile de contentement et aussi d'admiration, mais quelle ne fut pas ma stupeur en voyant mes Indiens s'enfuir à toutes jambes en donnant des signes de la plus folle terreur. À ma grande indignation, Necoxtla, qui me servait de guide depuis des mois et m'avait deux fois sauvé la vie, enfourcha précipitamment une des mules et, lui aussi, m'abandonna.

« J'allais peut-être me décider à suivre l'exemple de mes Indiens. On ne m'en donna pas le temps.

« Avant que j'eusse pu faire un geste pour me défendre, je me vis entouré d'une troupe d'Aztèques hideusement tatoués ; ils me dépouillèrent brutalement de mes vêtements, me lièrent les mains et m'entraînèrent dans l'oasis.

« On m'avait fait asseoir à l'ombre des ruines et de vieilles femmes m'apportèrent quelques bananes, une calebasse d'eau et des galettes de maïs qu'elles me firent manger sans me délier les mains. Je pensai qu'on n'en voulait pas à ma vie.

« Je dus assister au pillage de mes caisses, je vis mes malheureuses mules, abattues à coups de casse-tête d'obsidienne, puis écorchées et dépecées avec une rapidité surprenante. Je détournai les yeux de cette écœurante boucherie, pour les porter sur un groupe d'Aztèques absorbés dans un travail que je suivis, d'abord avec intérêt, puis avec une vague inquiétude.

« Par-dessus les basses branches d'un séquoia géant, ils avaient lancé deux cordes d'aloès dont l'extrémité était solidement fixée à deux anneaux de métal scellés un peu au-dessus de l'abdomen proéminent d'une des divinités de granit.

« Alors les Aztèques halèrent sur l'autre extrémité des cordes. Au bout d'une minute, la partie antérieure du ventre se détacha et s'éleva lentement en glissant dans une rainure intérieure ; un trou noir et carré apparut à la place du ventre, pendant que la dalle de granit remontée cachait entièrement la face et la poitrine du dieu.

« Enfin, je fus rudement empoigné et on me força d'entrer dans cette espèce d'étroite cellule.

« Sans comprendre encore quel affreux supplice m'était réservé, je mourais de peur. Je n'opposai aucune résistance à mes bourreaux.

« Que vous dirai-je ? La dalle glissa dans les rainures avec un bruit sourd et reprit sa place. J'étais muré, vivant, dans le ventre d'Huitzilopochtli !

« La niche où j'étais encastré était si étroite que je pouvais à peine remuer. Cependant comme je percevais au-dessus de moi un peu de clarté, je pus gravir à reculons quelques degrés creusés dans la pierre, et, tout à coup, mes yeux se trouvèrent au niveau de deux lucarnes rondes qui devaient correspondre aux prunelles de l'idole ; à la hauteur de la bouche se trouvait aussi une ouverture qui communiquait avec l'air libre. Dans ma misérable situation, je considérai comme un bonheur incomparable la facilité qui m'était laissée de respirer et de voir.

« Une angoisse atroce m'étreignait. Je m'ingéniais de tout l'effort de ma pauvre cervelle enfiévrée à deviner quelle torture on m'infligerait. Je songeais à l'Inquisition, aux bourreaux chinois... Mais vous verrez que les imaginations les plus folles des tortionnaires du Moyen Âge étaient encore au-dessous de l'abominable réalité.

« Je suivais cependant d'un regard éperdu les allées et venues de mes ennemis, et précisément parce que je n'arrivais pas à pénétrer leurs intentions, leurs moindres gestes me pénétraient d'une anxiété aussi lancinante que le plus douloureux des cauchemars.

« Il y avait dans un coin de la vallée un massif de plantes d'un aspect inquiétant. Leurs vastes feuilles divisées par une épaisse nervure étaient grasses, charnues, d'un vert bleuâtre, intérieurement hérissées de piquants et légèrement concaves.

« Un vieillard remplit une corbeille de déchets de viande crue qui provenaient du dépeçage des mules et s'approcha avec précaution des étranges végétaux, puis il lança sur les piquants un gros morceau de viande. Aussitôt les deux moitiés de la feuille se refermèrent l'une sur l'autre, emprisonnant leur proie, d'un mouvement sec qui faisait penser à une mâchoire de fauve.

« Je me trouvais en présence de végétaux carnivores du genre des *Ionea muscipula,* mais d'une taille colossale, sans doute favorisée par la nourriture abondante que leur fournissaient les Aztèques qui peut-être adoraient ces horribles plantes vampires.

« Détail repoussant mais que je ne dois pas omettre, ces feuilles affamées semblaient se repaître avec une gloutonnerie ignoble ; une sorte de bave – ou plutôt un suc gastrique spécial – perlait à leurs commissures en une abondante rosée. Ce que je ne m'expliquai pas, c'est que de nombreuses calebasses fussent placées autour de chaque plante pour recueillir le suc qui y tombait en gouttes pressées.

« La distribution était terminée. Gorgés de viande, leurs feuilles repliées, les ogres végétaux digéraient.

« La nuit était venue ; les Aztèques festoyaient autour de grands feux ; personne ne paraissait plus songer à moi. C'était une sorte d'accalmie. Brisé de fatigue, et, si incommode que fût ma position, je m'endormis...

« Je fus réveillé par le vacarme infernal d'un orchestre où dominaient les cymbales, les trompes d'écorce et ces flûtes qui sont fabriquées avec des fémurs humains. Mes ennemis dansaient et vidaient des calebasses de pulqué et d'aguardiente.

« Leur digestion terminée, les plantes vampires déployaient lentement leurs feuilles, prêtes à une nouvelle curée. Le vieillard qui leur avait distribué la pâture était revenu, armé d'une grande jarre, dans laquelle il commença à vider le contenu des calebasses. Il remplit ainsi une dizaine de jarres qu'il rangea soigneusement dans un coin. Je pensai que les Aztèques devaient employer ce suc, si précieusement recueilli, à la fabrication de quelque liqueur fermentée.

« La fin de cette récolte avait donné lieu à un redoublement de vacarme, à une explosion de cris sauvages. Le vieillard – j'ai su depuis que c'était un prêtre –, maintenant drapé dans un manteau de plumes, la face tatouée de rouge et de blanc, s'avança vers l'idole d'un pas hiératique. Il portait à grand-peine, une des jarres, pleine jusqu'aux bords.

« Puis je ne le vis plus. Il avait passé derrière la statue. Ainsi qu'on me l'expliqua par la suite, il escaladait les degrés dissimulés dans les ornements des sculptures.

Une minute s'écoula, et, tout à coup, sa hideuse face tatouée apparut à la hauteur de mes yeux. Solennellement, il versa le contenu de la jarre dans un trou creusé sur l'épaule de l'idole.

« Avec une indicible horreur, je venais de comprendre : *J'allais être digéré vivant par le dieu Huitzilopochtli...*

« Déjà, par des canaux intérieurs, le liquide corrosif, le suc gastrique des plantes carnivores, se répandait dans mon étroite prison, me montait jusqu'aux genoux, me mordant la peau avec la cuisante sensation d'un vésicatoire.

« Le vieux prêtre déversa dans l'orifice le contenu d'une seconde jarre, puis d'une troisième.

Le liquide me monta jusqu'aux cuisses. Je souffrais d'aussi cruelle façon que si l'on m'eût plongé dans une chaudière d'huile bouillante.

« Comme le prêtre versait une quatrième jarre, je poussai un hurlement de folie et je m'évanouis...

« Rassurez-vous, miss Rosy, reprit l'explorateur, en réconfortant d'un sourire, la jeune fille, pâle de saisissement, quand je revins à moi, j'étais couché sous une tente, ficelé des pieds à la tête dans une compresse d'herbes bouillies et veillé par une vieille Indienne. J'étais sauvé.

« Necoxtla, mon guide, honteux de sa frayeur et de sa lâcheté, avait couru à bride abattue jusqu'à un poste frontière, heureusement peu éloigné et il était revenu avec un détachement de réguliers péruviens, juste à temps pour m'arracher à une mort atroce.

« Surpris en pleine orgie, les Aztèques furent rapidement mis en déroute. Au bout d'un quart d'heure d'efforts, la dalle put être soulevée et je fus arraché à mon tombeau, mais je ne donnais plus signe de vie et mon corps n'était qu'une plaie.

« La science de la vieille squaw qui me soignait avec des

compresses d'herbes aromatiques m'a conservé la vie, mais elle n'a pu rendre à mon épiderme décoloré par le terrible suc, sa coloration naturelle. »

1924.